ANTONIO ZOCCHI

Tra nulla e infinito

e altre opere (poesie 2001)

.........Non riconosco l'autorità
perché non persegue la giustizia,
non riconosco il potere
perché non è al fine della gente,
non riconosco il benessere
perché non dà che illusioni..........

seconda edizione: febbraio 2011

distribuito da Lulu.com

ISBN 9781445797366

Nota dell'autore.

La costante ricerca e l'assiduo tentativo di vivere il ***tempo*** *nella sua completezza mi porta sempre a scrivere e descrivere ogni sfaccettatura del suo celere scorrere.*

La ***poesia****, instancabile e tambureggiante arma, mi è sempre servita ad imprimere e lasciare un* ***segno*** *in questo macrocosmo di cui io, uomo, non sono che un minuscolo pulviscolo.*

Se penso al dono della vita, alla virtù della parola e del saperla leggere, allora decodifico ogni singolo pensiero e sensazione; allora riesco a dare un senso al ***passaggio*** *delle stagioni.*

Tante volte ho provato a fermare in ***istantanee*** *il veloce scorrere e soffiare del tempo, poche volte ho trovato la forza di abbattere il muro irrazionale del continuo battito del cuore.*

Ed allora mi rendo conto del mio ***limite*** *come uomo, provo ad incidere e a lasciare qualche* ***ispirazione*** *che, anche se non sempre originale, assomigli alla riflessione di ogni essere pensante che in ogni tempo ha cercato di lasciare una prova nel suo* ***cammino****.*

Sulla riva del sogno

Il buio è in agguato
sulla riva del sogno,
sempre in attesa
di un passo affrettato.
Allora immagino
ogni attimo di luce,
che governa il mio tempo
tra conflitti e tregue.
Ed aspetto il sole,
come il seme aspetta la vita
per germinare fecondo,
e dare frutto nel vento.

22/3/2001

La pazienza è una dote e non una necessità

Voler tramutare tutto in materia,
non aver tempo
e fermarsi a pensare,
è la paura
che affligge il mio cuore.
Tu che hai fretta,
che hai il tempo contato,
tu che organizzi,
ogni attimo che vivi,
ma che sorpresa può esserci
in un nuovo mattino?
che cosa provi
ascoltando la natura?
Il tutto subito non si può trattenere.

22/3/2001

Il mio sguardo

Sempre fuori tempo
cerca il normale
di ogni storia che passa
in un giorno qualunque.
A volte la mia voce
non ha parole
per descrivere il passato
e il rincorrere del vento.
A volte attendo,
qualcosa che cambi
e che aiuti la strada
dei sentieri illuminati.
Iridescente e veloce
è il fulmineo riflesso,
che abbaglia il mio specchio
rimpallando nell'ombra.
Così il mio corpo
tutto sente e tutto spera,
in un nuovo giorno
che verrà tra poco.

30/03/2001

Come

Come posso giudicare,
senza storia nel cuore?
Come posso parlare,
senza ricordi nella mente?
Come posso amare,
se i miei sogni non fioriscono?
Per te sempre lontana,
con la paura di non capire.
Come posso sentire,
il canto che nell'intimo martella,
se ho durezza di spirito
che mi porta ad esser cieco?

30/03/2001

Ai margini

Fulmineo è lo sgranare del tempo,
mi lascia pensoso ai margini
di una vita di misteri.
Non c'è più attesa:
tutto e subito è il messaggio,
che gratta dal cuore
anche le ultime speranze.
Ma il mondo non vuole
il sacrificio del cammino.
Perché basta guardare
per essere soddisfatti?
Così il mio cuore combatte,
e cerca di non arrendersi
alle facili presenze,
che vorrebbero donare vita.

30/03/2001

Scrivi

Scrivi nella polvere
il nome di ogni uomo,
e mai vorrai ricordare
perché il vento spazzerà la terra.
Rinnova sempre
e nel tuo amore purifica,
con l'amore fai rinascere,
l'uomo nudo a nuova vita.

1/4/2001

Cosa diremo ai bambini?

Cosa diremo ai bambini,
quando non ci sarà
più verde per giocare?
Cosa diremo ai bambini,
quando non ci sarà
più aria da respirare?
Come potranno amare
se più nessuno
gli dirà dove hanno il cuore?

14/4/2001

Batte l'istante del tempo

Batte l'istante del tempo,
ed io sempre in ascolto
attendo un cenno
per riaprire il mare.
Cerco sempre ragioni
e nuove vie di pensiero,
ma niente mostra
il logico corso.
È l'incoerenza
e la superficialità
a fare da padrone
al mio circostante,
e nonostante miraggi mi mostrino
il percorso migliore,
tutto cambia
e non riesco a controllare
quello che ho dentro.
Perché non capisce
il mio amore deluso,
perché mi lascia triste
in un mondo vuoto
e di esseri padroni?

19/4/2001

O musa

O musa,
chissà quante volte hai formato
l'istante di sogno eterno,
chissà quante volte hai ascoltato
i canti mortali di semplici uomini
delusi del mondo,
chissà quante volte hai rapito
il cuore di chi ti sperava,
chissà quante volte hai sussurrato
parole nel vento che divennero eterne?
O musa,
non so più se scrivere
e descrivere il soffio
che lento mi riempie
lasciandomi al margine,
non so più se scrivere
e tentare l'amore
che credevo d'udire
nascosto nel vento,
non so se lo scrivere,
continuerà a sbattere le ali
nella mente di un misero
che cerca il mare.
Ma il mare è rimasto,
e a volte col suo respiro
mi lascia quel dolce sentimento,
che sa di salato
sulle labbra e sul cuore.

19/4/2001

Il foglio bianco

Il foglio bianco
è il discorso
della vita che scorre,
è il riflesso fuggente
del pensiero che viene,
è parola non detta
di visione che è stata,
è matassa intricata
del desiderio che dovrebbe essere.

24/4/2001

La leggerezza dell'esistere

La leggerezza
che a volte porta l'esistere,
la non curanza
che a volte genera rancore,
sono varianti
che nella vita
non hanno spiegazioni,
e nulla è razionale.
A volte però svuotano l'essere
dell'amore e del calore
che nella vita sono forza
lasciando aride ostilità
ed ostentazioni di calma
che nell'inconscio
esplodono in lotte.

25/4/2001

Leggi e cerca

Leggi e cerca
nelle mie righe,
l'amore per il volto
e per il cuore.
Ascolta e osserva
le mie parole,
che nell'invisibile intimo
piangono il tempo.
Anche il tuo riflesso
rimarrà come gli altri
inciso nella mente?
O sarà sempre
vivo e concreto
attraverso l'esistere
dei suoi mutamenti?

5/5/2001

Non girarti

Non girarti indietro,
non tornare sui tuoi passi.
Guarda avanti
come fosse sempre
il primo giorno.
Non avere paura
segui la strada sempre avanti.
Non tentennare,
l’esitazione sia come polvere
che il vento sempre nuova scrolla.
I ricordi sono necessari,
ma insegui la luce che la vita è solo una.
E se l’amore ti coglie,
immergiti nel suo profondo
nuotando alla ricerca,
ma respirando sempre aria.

11/5/2001

Come farfalle

Come farfalle
le tue poesie volarono
fra le anime delle genti.
E con irriverente ingegno
parlarono i tuoi volti.
Nelle canzoni il non rispetto
e la volontà di vivere
uccisero il tuo istinto
portando alla morte
le briciole del tuo tempo.

18/5/2001

Pensieri

Quale guerra non ha occhi
per non accorgersi dei bambini?
In un popolo diviso,
dove non si distinguono
innocenza da malvagità,
si consuma ogni giorno
un immane tragedia.
Tutti hanno ragione
e tutti hanno torto.
Cosa diremo ai bambini,
quando vedranno guerra e distruzione?
Cosa insegneremo ai bambini,
quando non potranno più giocare?
Dove sei giustizia,
dove dimori pace?
La ragione non ti svela,
ed il sogno è ormai morente.
Dove sei innocenza,
dove regni candore?
Nei miei occhi
ormai ciechi di pianto,
non c'è più spazio
neanche per le parole.

18/5/2001

Profezia

Portatelo oltre il cielo
amici del suo volo,
portatelo oltre il vento
esseri alati liberi,
non avrà più corpo,
ed i pensieri....
senza peso torneranno al loro posto.
Se la morte
non può farti paura,
se il suo incanto
non ti dà più respiro,
allora la vita
nemmeno la vedi.

26/5/2001

La porta

Sarà varco,
nessuna chiave riuscirà a sfondare.
Sarà anima,
arriverà ad aprire.
Ne larga ne facile
sarà la porta,
stretta invisibile,
una volta sola accessibile.
Canti, suoni, balli, strane voci,
nulla è prevedibile.
Sarà miraggio allo sguardo,
sarà riflesso al pensiero,
assetato di pianto e sudore,
sarà nel cuore la chiave.

30/5/2001

Se guardassi....

Se guardassi senza pensare
vedrei il mondo senza capire,
se guardassi senza vedere
penserei i colori senza sapere.
Che cosa resterebbe,
se guardassi senza occhi?
Che cosa vivrebbe,
se non ci fosse la morte?

4/6/2001

Quale battaglia...(a me stesso)

Qual è la tua battaglia,
quali i tuoi ideali,
e la tua rivolta?
Se i tuoi occhi sono ciechi,
e non vedi più lo spazio
tra i colori e la materia.
E se deformi con l'indifferenza,
quale rivincita insegui
senza più valori?
Dov'è la tua rabbia,
se non sai frenare l'istinto?
Dov'è la tua tristezza,
se non sai piangere di cose vere?

5/6/2001

L'esistenza

Colpisci al pensiero
e sorridi di vero,
nel limite labile
tra sogno e possibile.
Fai trasparire
quel flebile soffio
che inconsistente s'illumina
in equilibrio latente.
Così tra nulla e infinito,
la lama del tempo consuma
i ritagli di una lotta che è vita.

7/6/2001

Desiderio

Tutto rimane
chiuso nel pensiero,
ed a sprazzi fuoriesce
quando meno s'attende.
Non da respiro
a nessun comando,
non subisce influenza
neanche dal vento.
Così senza pretese
nella calma apparente,
sembra distante
ed inutile alla vita.
Sempre scansato
dalla fobica frenesia,
di un mondo materiale
che lo esilia ai suoi margini.
Ma a volte respira,
e libera l'anima,
bagnando di ricordi
e di macchie di cuore,
l'esistenza incolore.

11/6/2001

Il tramonto

Provo a seguire
con lo sguardo del tempo,
il limite rossastro
che divide terra e cielo.
Provo ad illudere
I miei occhi reali,
nell'eterno indefinito
di questi colori.
Tutto allora resta
impalpabile e veloce,
se non che scolpito
nel ricordo del cuore.
Come un arazzo
o come un affresco,
lascia odori al mio cuore
nell'amore infinito.

20/6/2001

La madre assassina

Non passerà giorno,
finché vita ricordi,
di quell'unico istante,
in cui desti la vita.
Da allora finiva
il possesso nel tuo ventre,
per divenire anima nel mondo.
Non passerà giorno,
finché vita ricordi,
di quell'unico istante,
in cui desti la morte.
Non avevi capito
il tuo ruolo nel mondo,
non eri padrona
che della tua vita.

21/6/2001

Ho girato pagina (blues)

Ho girato pagina
una sera d'estate,
tra il frinire di grilli
ed il volo di zanzare.
Ho girato pagina
mentre il cielo imbruniva,
tra gli odori tiepidi
di parole e di risa.
Ho girato pagina
mentre i colori del sole,
accompagnavano il crepuscolo
ed i miei pensieri.
E i miei ricordi
volavano altri tempi,
a speranze di vivi
immaginando infiniti spazi.

22/6/2001

Il mito del mondo

Sono svuotato
dal mondo e dal suo mito,
per quanto allargato
al consumismo e al poco rispetto
dell'uomo e della vita.
E i giochi di potere,
oscuri agli occhi bassi,
viaggiano in un piano diverso
ed intoccabile alla vita semplice
di chi fatica nel giorno normale.
Così l'amore non è lo stesso,
nessuno nasce troppo erudito
per avere voglia di essere solo,
e nessuno muore troppo solo
per essere dimenticato.

29/6/2001

Nel magico isolamento

Nel magico isolamento
di porzione di mondo
dove aria pura padroneggia,
la mente vaga spazi indefiniti.
Sente di mondo senza confini,
sente di mondo multirazziale
ed anela ad unica cultura,
che racchiuda diversi simboli
e religioni monoteiste.
Perché il materiale
non può essere primaria fonte,
ma derivato di pensiero
e ragione che dà cultura.

29/6/2001

Vorrei essere...

Vorrei essere nella tua mente
quando nasce il respiro,
e l'immagine modella
strani segni indecifrabili.
Vorrei essere nelle tue mani
quando tocchi il sorriso,
e lo sguardo distorce
parti di pelle incomprensibili.
Vorrei essere nei tuoi occhi
quando cresce il riflesso,
e l'eterno prende forma
modellando il mio tempo.

1/7/2001

L'inutile

È l'inutile della vita affannata
che consuma nel respiro
Solo l'uomo può far vivere
la materia al suo tatto,
o alla sua voce.
Quando la vita finisce
anche le cose si sgretolano;
solo l'anima ed il soffio della ragione,
fanno girare il mondo
ed abbattono il nulla
che altrimenti resterebbe immobile
nel muto spazio.

2/7/2002

Come un pensiero

Come un pensiero
vola il mio tempo,
come un veliero
è il mio segno lento.
Come un'oasi
è il ricordo che si blocca,
come un ritorno
è il soffio che rintocca.
Come un passaggio
è la vita che torna,
come un naufragio
è l'immenso del vento.
E tutto mi aiuta
a vivere negli sguardi,
e tutto mi riguarda
quando il tempo si ferma.

16/7/2001

La rinascita

La rinascita del ricordo
rincorre l'istante,
la vita è un'attesa
d'immagini vissute.

16/7/2001

Visioni di libertà

Il mio pensiero
non vuole catene.
La mia libertà
vola oltre il corpo.
Il mio mistero
non e del mondo.
Il mio volo
non ha spazio.
Le mie ali
non hanno tempo.
Il mio scrivere
non ha regole.
La mia ragione
non ha respiro.
Il mio credo
non ha confini.
La mia vita
non ha morte.

22/7/2001

L'anarchia

L'anarchia non è solo parola
e non il solo strumento
per essere liberi.
L'anarchia non è solo libertà,
e non è neanche un soffio
che indisturbato vola.
L'anarchia non è solo bandiera
dietro cui mascherare
l'ignoranza della storia.

22/7/2001

Sul golfo del poeta

Canto I

La vita vola
nel vento del tempo.
La vita respira
nello spazio del sogno.
E per l'istante nuovo
d'esistenza pensosa,
aspiro all'immenso
della bellezza del soffio.
Per l'istante buono
c'è il ricordo del passato,
per l'istante cattivo,
c'è il riflesso del trascorso.

Canto II

Un foglio è l'infinito,
e l'inchiostro è il mare
che lambisce gli anfratti
del cuore del golfo.
La vita è la penna
che sfida le onde
per solcarne lo spazio.
Se ascolto il vento
tra le scogliere mi parla.
Il suo respiro mi mostra
l'erosione del tempo.

5/8/2001

Similitudine

L’attimo eterno
distorto dal riverbero
di sole che tramonta,
pare un animale
che d’istinto trasforma
il suo vivere in letargo.

7/9/2001

Il soffio feroce

Il soffio feroce
del vento che martella,
è la rabbia indifesa
dell'indifferente suo corpo.

11/9/2001

Il gioco invisibile

Nel gioco invisibile
di sommessi lamenti,
ritorna la sensazione
di tempo latente.
Come di istanti
nell'inutile riflesso,
appaiono parvenze
di sbiadite immagini.
Così la mente immerge
lo sguardo attento,
per scorgere miraggi
di passate rivincite.
Ma nessun suono
all'orizzonte apre,
l'onda del vento
che sibila allontanandosi.

16/11/2001

La mente, sempre in cammino

In un vortice
è il mio ricordo.
La mente consuma
parvenze di istanti.
Si ciba di tutto
e di quello che vede.
Per ogni riflesso
sazia la sua sete d'immenso,
per ogni respiro
riempie il suo pozzo di sogni.
Forse la vita
gli tende le mani,
e gli mostra miraggi
di tanti colori.
Forse la notte
gli nasconde i colori,
per poi ridarglieli
se c'è la luna.
Forse i suoi giorni
si celano stanchi
tra le pieghe del cuore.
La mente così instancabile
vive,
di sonno o di destrezza,
sempre cammina.

17/11/2001

Incroci

Dove dimori, vera bellezza?
Dove celi i tuoi sospiri, vero amore?
Dove scorre la tua linfa, vera vita?
Dove specchia la tua immagine, vera pace?
Dove rinnovi il miraggio, vera giustizia?
Quanto è stretto il tuo giogo,
che governa i miei sensi
e non libera i miei sentieri.
Quanto è dolce il tuo mistero,
fatto di spazio oltre il mio tempo.
"Tutti questi incroci presenta il mio volare
che ama equilibrarsi tra nulla ed infinito."

12/12/2001

L'ispirazione

L'ispirazione offuscata,
nascosta da certezze.
L'ispirazione frenata,
inchiodata dal reale.
Nell'intimo dell'anima,
nasce il sogno che salva,
e rende libero il cuore,
di volare oltre il cielo.

12/12/2001

Affresco contadino (il presepe)

Dove si ferma il giorno,
regna il legame dell'incoerenza.
Dove il buio si fonde
all'arcobaleno della Luce,
nasce il legame della coscienza.
E il suono rinasce,
dall'incostanza del crepuscolo.
Dove tutto pareva,
miraggio del giorno trascorso,
ogni voce ora tace.
Nel brulichio di lampade,
ora ogni uomo rincasa,
dalle nobili fatiche,
e da un tempo da ricordare.

20/12/2001

Il vuoto

Non più speranza,
dell'amore che respiravo.
Non più parvenza,
del miraggio che sfioravo.
Solo risuona,
il mio cuore nel vuoto corpo,
lasciato dal tempo
che giovane batteva.
Non più rincorsa,
non più ricordo,
solo lo spazio
del gelo che blocca.

20/12/2001

Passaggio in aforisma

L’aspettativa della giovinezza
e l’incoerenza della maturità,
non hanno confine
in un mondo materiale.
Si ascolta,
si teme la vita,
che con l’amore porta tristezza.
Si ascolta,
si chiede un messaggio,
che il miraggio del futuro darà voce.

20/12/2001

Il Natale della guerra

Ho visto bambini,
senza sogni a Natale.
Ho visto frantumi,
di povertà e pestilenza.
Ho sentito le lacrime,
di chi ride senza occhi.
Ho sentito il gemito,
di chi non può neanche piangere.
Ho visto bambini,
che la guerra fa già grandi.
Ho udito quei cuori,
dove la vita non può resistere.
Ho pregato,
ho visto con il cuore,
ho pianto con il sangue
che mi ha dato la vita,
ho nascosto il dolore
per cercare conforto,
ma le immagini tornano,
a segnare il mio mondo.
Ho visto bambini,
senza sogni a Natale.
Ho visto bambini,
gridare alla vita.

25/12/2001

Ti ho vista nello specchio

Ti ho vista nello specchio,
nascosta tra i miei sogni.
Ti ho udita nel silenzio,
celata tra i miei passi.
Ti ho sentita nello sguardo,
trasparente nei miei occhi.
Ti ho scritta nel mio mondo,
confusa tra il mio respiro.
Ti ho amata nei miei anni,
miraggio nel mio limbo.

26/12/2001

La notte nello specchio

Il potere della notte
cancella il passato
nel suo avvolgente manto.
Nasconde ogni cosa,
nel potere del sonno.
È invisibile il segno,
d’innumerevoli parole
e illimitati pensieri.
Tutto tace se lo specchio
accoglie i riflessi
dello scorrere del tempo.

26/12/2001

I miei quadri
L'impressionista

Un'impressione
che segna la tela,
dell'istante del vivere
che impercettibile si mostra.
Un'immagine
che segna il reale,
dell'inconscio ricordo
che inscindibile si riflette.
Così la linea,
la parola, la luce
irrompono nel cosmo
creando immortalità.

29/12/2001

30/12/2001
.......mio rifugio la poesia,
mio riflesso la poesia,
mio canto e mio pensiero,
la poesia.......

INDICE

Sulla riva del sogno 3
La pazienza è una dote non una necessità 4
Il mio sguardo 5
Come 6
Ai margini 7
Scrivi 8
Cosa diremo ai bambini? 9
Batte l'istante del tempo 10
O musa 11
Il foglio bianco 12
La leggerezza dell'esistere 13
Leggi e cerca 14
Non girarti 15
Come farfalle 16
Pensieri 17
Profezia 18
La porta 19
Se guardassi.... 20
Quale battaglia... (a me stesso) 21
L'esistenza 22
Desiderio 23
Il tramonto 24
La madre assassina 25
Ho girato pagina (blues) 26
Il mito del mondo 27

Nel magico isolamento 28
Vorrei essere... 29
L'inutile 30
Come un pensiero 31
La rinascita 32
Visioni di libertà 33
L'anarchia 34
Sul golfo del poeta - Canto I e Canto II 35
Similitudine 36
Il soffio feroce 37
Il gioco invisibile 38
La mente, sempre in cammino 39
Incroci 40
L'ispirazione 41
Affresco contadino (il presepe) 42
Il vuoto 43
Passaggio in aforisma 44
Il Natale della guerra 45
Ti ho vista nello specchio 46
La notte nello specchio 47
I miei quadri – L'impressionista 48

www.ingramcontent.com/pod-product-compliance
Ingram Content Group UK Ltd.
Pitfield, Milton Keynes, MK11 3LW, UK
UKHW041837200726
13854UKWH00003BA/1176

9 781445 797366